D0536260

OLIVIA
la princesa

adaptado por Natalie Shaw
basado en el guión escrito por Kent Redeker
traducción de Alexis Romay
ilustrado por Shane L. Johnson

Simon & Schuster Libros para niños
Nueva York   Londres   Toronto   Sydney   Nueva Delhi

Basado en la serie de televisión *OLIVIA*™ que se presenta en Nickelodeon™

SIMON & SCHUSTER LIBROS PARA NIÑOS
Publicado bajo el sello editorial de la División Infantil de Simon & Schuster
1230 Avenue of the Americas, New York, New York 10020
Primera edición en lengua española, 2011

Publicado originalmente en inglés en 2011 con el título *OLIVIA the Princess* por Simon Spotlight,
bajo el sello editorial de la División Infantil de Simon & Schuster.
Traducción de Alexis Romay
Para obtener información respecto a descuentos especiales en ventas al por mayor, diríjase a Simon & Schuster Special Sales
al 1-866-506-1949 o a la siguiente dirección electrónica: business@simonandschuster.com.
Fabricado en los Estados Unidos de América 0517 LAK
10 9 8 7 6
ISBN 978-1-4424-4640-3

Olivia, Francine y Daisy estaban jugando a las princesas cuando mamá llegó corriendo con noticias emocionantes. La familia real de Pijolandia venía al pueblo a visitar su castillo de vacaciones, ¡y todos estaban invitados a ir a recibirlos al aeropuerto!

—¿Un rey y una reina de verdad? —preguntó Olivia.

—Y una princesa de verdad, la princesa Estefanía —añadió mamá.

Al día siguiente todos vitorearon cuando el avión real se detuvo, pero a Olivia la empujaron hasta el fondo de la multitud y no pudo ver. En un instante, la princesa subió al carruaje real detrás del rey y la reina, y el carruaje salió a toda prisa.

—¡La princesa era tan linda! —dijo Francine—. ¿Viste el vestido?

—Le vi la espalda, me parece —dijo Olivia.

Rumbo a casa, papá y mamá intentaron animar a Olivia.

—Bueno, ¿sabes qué es incluso mejor que las princesas? —preguntó papá.

—¡Helado de cereza con trocitos de chocolate! —dijo Olivia.

—En eso mismo estaba pensando —dijo papá.

Fueron a la heladería. Justo cuando iban a entrar, escucharon a alguien que pedía ayuda. ¡Era el rey de Pijolandia!

—Parece que a nuestro carruaje se le ha roto una rueda, pero ninguno de nosotros sabe cómo arreglarla —dijo el rey.

—Bueno, señor Rey, creo que puedo ayudar —dijo papá. Se volvió hacia mamá y la reina—. Esto puede demorar un poco. ¿Quizá a *sus altezas* les gustaría invitar a todos a un helado?

—¿Alguien dijo "helado"? —dijo una voz que salía del carruaje.

Olivia se quedó boquiabierta. ¡Era la princesa Estefanía! Mientras entraban, Olivia y la princesa se miraron fijamente.

—¡Eres igualita a mí! —dijeron las dos.

La princesa tenía pecas y las orejas de Olivia eran más grandes, ¡pero, por lo demás, podían haber sido gemelas!

Después de pedir helado, Olivia le preguntó a la princesa Estefanía cómo era ser una princesa de verdad. —¿Qué es lo primero que haces en la mañana? —preguntó—. ¿Pasear en poni o tomar té?

La princesa estaba a punto de responderle cuando se derramó una gotita de helado en su vestido real.

—¡Mi vestido! —dijo—. Una princesa nunca debe tener un vestido desarreglado.

—Te ayudaré a limpiarte —dijo Olivia.

—Apuesto a que te pones vestidos bonitos así como éste para ir a bailes elegantes —dijo Olivia—. ¡Yo ni siquiera he ido a un baile!

—Bueno, tú puedes ir a la escuela y jugar con otros niños —respondió la princesa Estefanía—. Ya quisiera yo poder hacer eso, al menos por un día. Entonces Olivia tuvo una idea. —Nos parecemos tanto. ¡Deberíamos intercambiar roles por un día! —sugirió.

¡La princesa estaba pensando lo mismo! Intercambiaron las ropas rápidamente y acordaron que harían que sus padres las llevaran de regreso la noche siguiente a la heladería, para volver a cambiar de roles.

Cuando llegó el momento de que todos se fueran a casa, el rey dio las gracias al papá de Olivia por ayudarlo a arreglar la rueda del carruaje.

—¡Haberme ensuciado las manos fue de lo más emocionante! —dijo el rey.

—¡Ha sido un placer, su majestad! —dijo el papá de Olivia mientras hacía una reverencia.

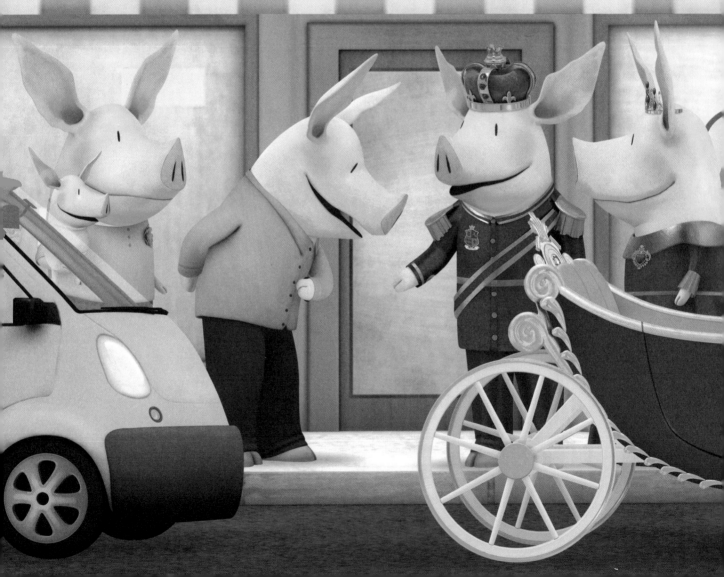

—¡Nos vemos luego, *Olivia*! —dijo Olivia mientras se subía al carruaje real, vestida con el traje morado de la princesa Estefanía.

—¡Chao, *princesa Estefanía*! —dijo la princesa Estefanía mientras se subía al carro de la familia de Olivia, vestida con las ropas rojas de Olivia.

¡Estaban en camino! Olivia iba rumbo al castillo a pasar un día como si fuera la princesa, y la princesa Estefanía iba rumbo a casa de Olivia a pasar un día como si fuera una niña común y corriente.

Cuando llegaron al castillo,
Olivia estaba muy asombrada.
¡Había torrecillas y torres y
hasta un puente levadizo!

Montó a Duquesa, el poni, y paseó
de un lado a otro del jardín real, se
deslizó por los pasamanos reales, y
hasta tomó té.

¡Tuvo hasta su propio mayordomo!

«Me pregunto si la princesa Estefanía se estará divirtiendo tanto siendo yo como yo me estoy divirtiendo siendo ella». pensó Olivia.

En la casa de Olivia, la princesa Estefanía jugó con Perry a ir a buscar el palito, y tocó la batería.

—Mírenme. ¡Me estoy ensuciando y estoy haciendo bulla! —dijo—. ¡Qué maravilloso!

Cuando la familia de Olivia se sentó a la mesa a cenar, la princesa Estefanía preguntó si iban a comer faisán en una fuente de plata. La mamá se rió y sirvió un sándwich en un plato de cartón.

—¡Un sándwich! ¡En un plato de cartón! —dijo la princesa Estefanía, con una gran sonrisa—. ¡Qué encantador!

Después de un largo día, llegó la hora de que Olivia y la princesa Estefanía se fueran a la cama. Las dos echaban de menos a sus verdaderos padres, pero sabían que estarían de regreso en casa pronto.

A la mañana siguiente en el castillo, la reina anunció que tenían que regresar a Pijolandia antes de lo planeado.

—¡Pero tenemos que ir esta noche a la heladería después de la cena! —dijo Olivia. Si no podían ir a la heladería como habían planeado, Olivia necesitaba encontrar una manera de que la princesa Estefanía regresara al castillo para volver a cambiar roles de nuevo.

—¡Vamos a hacer una fiesta de despedida antes de partir! —dijo—. ¡Podríamos invitar a esa niña tan agradable de la heladería, y a mi... o sea, a *su* clase entera también!

La reina accedió y envió al mayordomo real a entregar la invitación a los compañeros de clase de Olivia y a sus familias.

Poco después, los invitados empezaron a llegar y la fiesta de despedida estaba en pleno apogeo. Olivia se alegró de ver a sus amigos de nuevo, pero no fue tan divertido pues ellos pensaban que era la princesa Estefanía. ¡Estaba lista para ser Olivia de nuevo!

Cuando el reloj marcó las cuatro, el rey y la reina anunciaron que era hora de regresar a Pijolandia, pero la familia de Olivia no había llegado aún. Olivia sabía que si no hablaba ahora iba a tener que regresar a Pijolandia con la familia real.

—Hay algo que les tengo que decir —dijo Olivia—. ¡Soy Olivia, no la princesa Estefanía! Intercambiamos roles. Miren, tengo las orejas más grandes y no tengo pecas y tengo puestas medias rojiblancas.

La reina dejó escapar un grito ahogado. —¡Princesa! ¡No estás vestida de morado! —dijo.

—Esta broma ha ido demasiado lejos. Tenemos que montarnos en el avión. Ahora, prométeme que te vas a portar como corresponde a una princesa —dijo el rey.

Esto le recordó a Olivia la promesa de princesa que ella había inventado.

—¡Esa es la cosa! ¡La promesa de princesa! —dijo a Francine y Daisy.

—La promesa de princesa no existe —dijo la reina.

—A lo mejor no existe en Pijolandia —dijo Olivia—, ¡pero tenemos una aquí en Maywood!

Olivia comenzó a decir la promesa de la princesa y Francine y Daisy se sumaron. «Una princesa promete ser bonita, llena de vida, oler bien, brillar mucho, cantar muy alto canciones alegres y nunca, nunca, ser malvada». Cuando terminaron de recitar la promesa, Francine sonrió y le dio un abrazo grande a Olivia.

—¡Olivia! ¡Eres tú de veras! —dijo—. Pero si tú eres la Olivia verdadera, ¿dónde está la verdadera princesa Estefanía?

Resulta que al carro de la familia de Olivia se le había pinchado un neumático, que fue por lo que no pudieron llegar a la fiesta. El rey sacó la cabeza de su carruaje y le preguntó al papá de Olivia si necesitaba ayuda. Tan pronto como el carruaje se detuvo, Olivia y la princesa Estefanía corrieron hacia los brazos de sus madres.

—Mamá —dijo Olivia—. ¡Te eché de menos!

—Mamita —dijo la princesa Estefanía—. ¡Te eché tanto de menos!

La mamá de Olivia estaba confundida. Entonces la reina le explicó que las niñas habían intercambiado roles por un día y entonces todo cobró sentido. Poco después, llegó la hora de que Olivia y la princesa Estefanía se despidieran.

—Me divertí tanto siendo tú —le dijo la princesa Estefanía a Olivia.

—Fue muy divertido pretender que era tú —dijo Olivia—. ¡Seamos amigas para siempre!

Esa noche a la hora de dormir, la verdadera princesa Estefanía le contó a su mamá sobre su día asombroso.

—Jugué con un perro y me comí un sándwich en un plato de cartón . . . —dijo.

En casa de Olivia, la Olivia verdadera le contó a su mamá sobre su estancia en el castillo.

—¡Monté un poni, tomé té y hasta me puse un pijama morado! —dijo.

Sus mamás les dieron besos y las acostaron a dormir, alegres de tener a sus hijas en casa.

—Me gusta estar en casa —dijeron Olivia y la princesa Estefanía.

—Buenas noches, mi princesita —dijeron sus mamás—. ¡Que tengas dulces sueños! Y las dos princesitas se durmieron al instante.